JN244103

日本一短い手紙

「願い」

令和六年度の第三十二回 一筆啓上賞「日本一短い手紙『願い』」（福井県坂井市・公益財団法人丸岡文化財団主催、株式会社中央経済社ホールディングス・一般社団法人坂井青年会議所共催、日本郵便株式会社協賛、福井県・福井県教育委員会・愛媛県西予市・東京都品川区後援、住友グループ広報委員会特別後援）の入賞作品を中心にまとめたものである。

同賞には、令和六年四月十一日～十月十八日の期間内に三万九一六四通の応募があった。令和七年一月二十二日に最終選考が行われ、大賞五篇、秀作一〇篇、住友賞二〇篇、坂井青年会議所賞五篇、佳作一二五篇が選ばれた。同賞の選考委員は、小室等、佐々木幹郎、宮下奈都、夏井いつき、パックン、長澤修一の諸氏である。

本書に掲載した年齢・職業・都道府県名は応募時のものである。

目次

入賞作品

大賞〔日本郵便株式会社　社長賞〕 6

秀作〔日本郵便株式会社　北陸支社長賞〕 22

住友賞 54

坂井青年会議所賞 98

佳作　112
あとがき　240

大賞

［日本郵便株式会社　社長賞］

施設で寝たきりの母へ

タケルが結婚(けっこん)します。
婆(ばあ)ちゃん似(に)の優(やさ)しい人(ひと)と自慢(じまん)してたぞ。
その時(とき)は目(め)を開(あ)けろよな。

岡 輝明
山口県 64歳 農業

一筆啓上「施設で寝たきりの母」へ

タケルが結婚します。婆ちゃん似の優しい人と自慢してたぞ。その時は目を開けろよな。

娘へ

ええと、つまりそのう、
黙って見守っていて欲しい。
・・・父さん恋をした。

山岸 誠
福井県 66歳

一筆啓上「娘」へ

ええと、つまりそのう、黙って見守っていて欲しい。・・・父さん恋をした。

夫へ

私は「オイッ」じゃ無いから。
耳が遠くなったから
近くで「あけみ」と呼んでね。

今村 明美
兵庫県 81歳

一筆啓上

「夫」へ

私は「オイッ」じゃ無いから。耳が遠くなったから近くで「あけみ」と呼んでね。

かみさまへ

ガリガリくんのあたりが
7ほんあります。
これでじいのびょうき、
なおしてください。

みなみ　ゆうき
山形県　4歳

一筆啓上「かみさま」へ

がりがりくんのあたりがワほんあります。これでじいのびょうき、なおしてください。

親友以上の相棒の君へ

生きるのが辛かったとき、
「俺のために生きてほしい」って。
イケメンめ。救われたよ。

矢内　蒼太
群馬県　17歳　高校3年

一筆啓上「親友以上の相棒の君」へ

生きるのが辛かったとき、「俺のために生きてはしい」って、イケメンめ。救われたよ。

大賞選評

選考委員　佐々木　幹郎

日本語は最近どんどん変化しています。一つは言葉そのものが非常に軽くなってしまって、言葉の表面だけが綺麗事で、その裏側に何があるのかというのが本当に見えにくい時代になっています。同時に言葉そのものの変化、この時代でないと伝わらないというような言葉がたくさん出てきています。大賞の作品の中にも、そういった言葉が入っています。

それと今年、選考委員の中で非常に話題になったのは年齢です。年齢と宛先人、そこの微妙な関係がいくつもの物語を推測させてくれるのが面白いところです。

「施設で寝たきりの母へ」岡輝明さん、64歳の作品。寝たきりのお母さんはずっと目をつぶったまま、でも息子のタケルさんが結婚の報告でその人を連れてきた時には目を開けてくれという願いです。目を開けることができるのかどうかも含めて、この64歳という年齢とお母さんとの関係、そして息子との関係、いろんなことを想像させます。そういう意味では非常に楽しい作品だと思いました。

さて次です。「娘へ」山岸誠さん、66歳です。これは今までの応募作品の中でも少し珍しいタイプで、我々選考委員は想像を膨らませながらこの作品を挙げました。奥さんはもう死んでしまったかもしれない、あるいはすでに離れてしまったのかもしれない。でも山岸さんは娘を一人で育てて、「父さん恋をした」と告げる。とにかくこれは手紙でないと知らせられない、娘へ直接口頭では言いにくいということなんだろうと推測しました。

次は「夫へ」今村明美さん、81歳の方ですね。選考会ではよくあるパターンで、ありふれた作品という意見もあったのですが、最も我々を共感させたのは、「耳が遠くなったから近くで「あけみ」と呼んでね。」ということの接触感ですね。言葉で近寄るということの接触感が我々を捉えました。81歳というご年齢、でもとても愛情豊かな作品だと受け止めました。

次に「かみさまへ」みなみゆうきさん、4歳です。ガリガリ君は皆さんご存じですよね。アイスの棒のところに当りが出てきたら、もう1本もらえると。この当りの棒があと10年、20年以上経ったら何のことか分からないということもあると思います。これが現代の言葉の特徴ですね。

ただ、この当りというのはなかなか出てこないわけです。それをじいのために7本まで我慢して持っていた。この子はガリガリ君をどれだけ食べたのだろうと話題にもなったのですが、しかしガリガリ君の当りが7本あるという、この7本という数字が実にリアリティがあって、これは4歳の小さな子が本気で考えて作った、絶対に誰かのアイデアあるいは大人に言われて書かれた言葉では全然ないということで選びました。

それから最後ですね。「親友以上の相棒の君へ」矢内蒼太さん17歳の作品。どういう絶望感に浸っていた時なのか、思春期にあたるこの時期の年齢で、本当に親しい関係にある友人へ俺のために生きてほしいと言える。これは、この年齢だからこそ言えそうな言葉だなって僕は思いました。

そして最後の言葉です。「イケメンめ。救われたよ。」これが非常に面白い。

相手をからかいながら、でも自分の絶望感そのものをこの一言でひっくり返してくれたという、これもリアリティがありますよね。

（入賞者発表会講評より要約）

秀作

［日本郵便株式会社　北陸支社長賞］

主人へ

オットかペットか
もう分からん
言うこときかんけど
長生きしてな

久保園 明美
岡山県 59歳 主婦

《主人（あなた）へ》

オットか ペットか もう分からん
言うこときかんけど
長生きしてな

学校の先生をしているお父さんお母さんへ

「いってらっしゃい」

「おかえり」

ほんとは言われたいな。

かぎっ子のぼくより

錦川　想生
福岡県　10歳　小学校４年

一筆啓上

「学校の先生をしているお父さん　お母さん」へ

「いってらっしゃい」「おかえり」ほんとは言われたいな。　かぎっ子のぼくより

私の国ミャンマーへ

弾丸が花になって、
国民の泣き声が笑い声に
なりますように。

NWAY NADI ZUN
福井県　20歳　専門学校

一筆啓上「私の国ミャンマー」へ

弾丸が花になって、国民の泣き声が笑い声になりますように。

いもうとへ

ちょっとだけ、
ぼくより早(はや)くねてくれない？
ぼくもママのとなりでねたいんだ。

早野　将矢
京都府　６歳　小学校１年

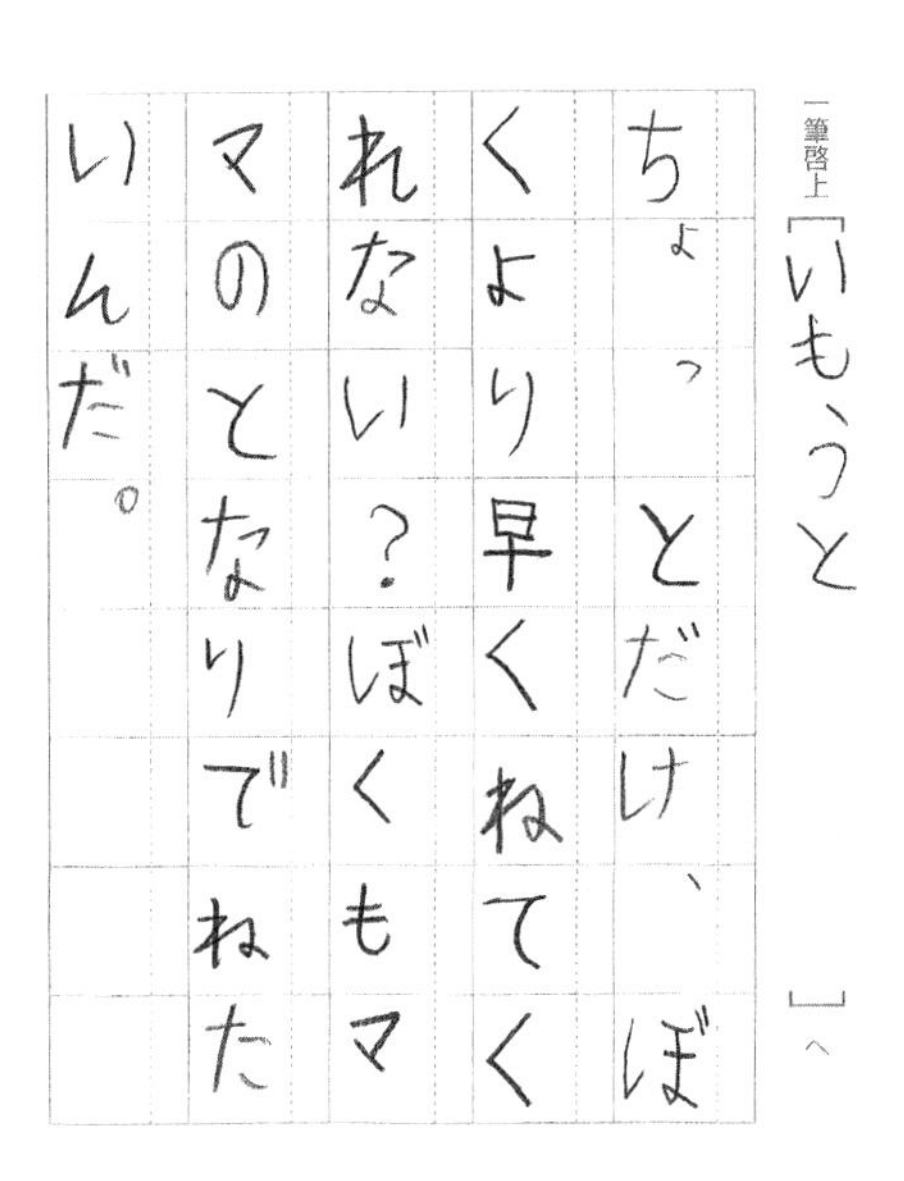

一筆啓上「いもうと」へ

ちょっとだけ、ぼくより早くねてくれない？ぼくもママのとなりでねたいんだ。

愛する妻へ

時々アイコンタクトするのは
やめて下さい。
全く意味がわからない時があります。

木村 武雄
兵庫県 71歳

一筆啓上「愛する妻」へ

時々アイコンタクトするのはやめて下さい。全く意味がわからない時がありますす。

小学六年生の娘へ

お母さんの今週の恋愛運
◎って教えてくれたけど
来週からは健康運と金運だけでいいわ。

平野　聡子
福井県　42歳

一筆啓上「小学六年生の娘へ」へ

お母さんの今週の恋愛運◎って教えてくれたけど来週からは健康運と金運だけでいいわ。

天のかみさまへ

弟は、びょうきをやっつけたんだ。
だからもう、
家ぞくをはなさないでください。

はし本 はる生
福井県 7歳 小学校2年

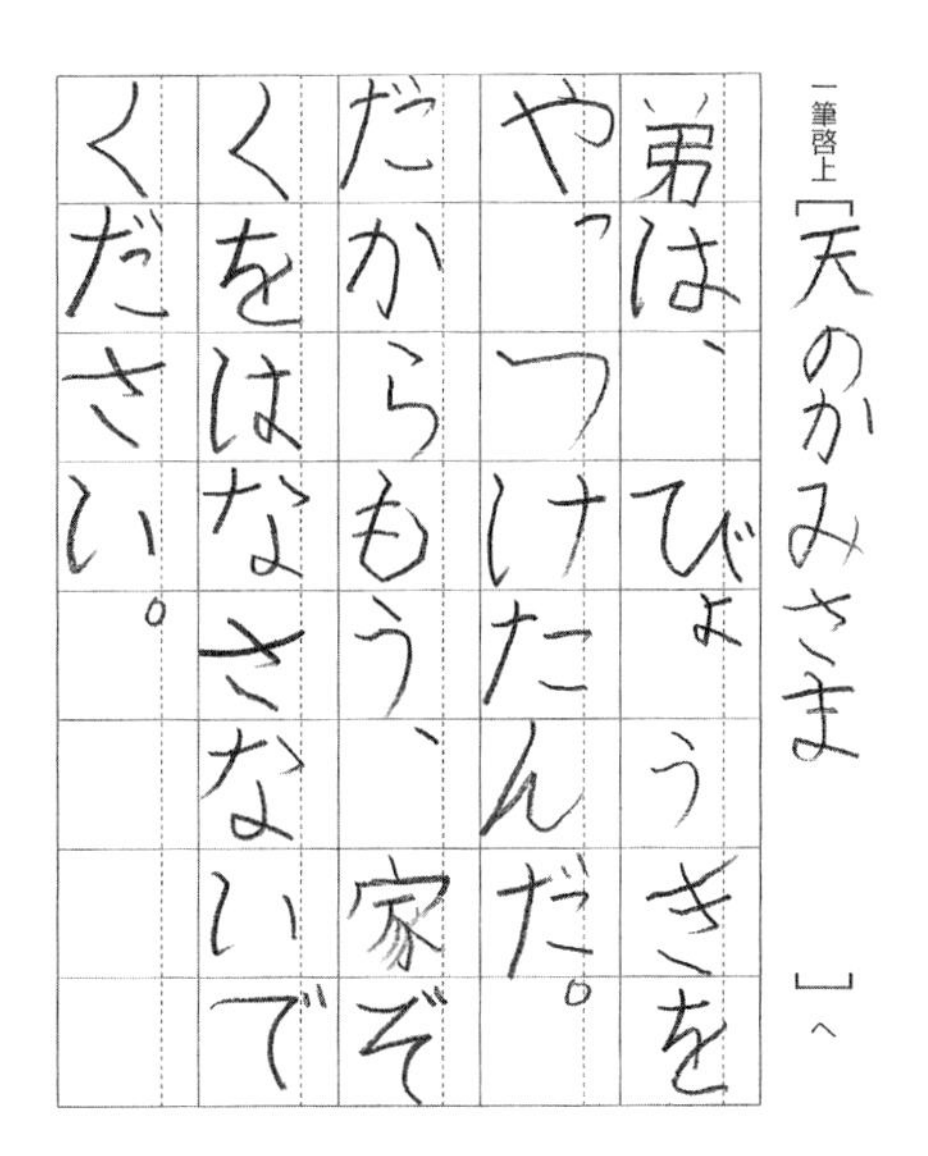
一筆啓上「天のかみさま」へ
弟は、びょうきを
やっつけたんだ。
だからもう、家ぞ
くをはなさないで
ください。

天国の夫へ

堪らなくてLINEしたの。
既読をつけたのも私。
繋がってると思える
一瞬が欲しくて。

副田　かおり
長崎県　51歳　公務員

一筆啓上「天国の夫（あなた）」へ

堪（たま）らなくてLINEしたの。既読（きどく）をつけたのも私（わたし）。繋（つな）がってると思（おも）える一瞬（いっしゅん）が欲しくて。

孫のりんちゃんへ

短冊に
「かみさまがしあわせになりますように」
って書いてたね。
あなた本当に私の孫？

星野 佳子
東京都 66歳 保育士

一筆啓上「孫の りんちゃんへ」へ

短冊に「かみさまがしあわせになりますように」って書いてたね。あなた本当に私の孫？

ゆめのなかのわたしへ

きょうのゆめ、
みのがしはいしんできたらいいな。
もっかいみたい。

小柳　百々絵
福井県　7歳　小学校1年

一筆啓上「ゆめのなかのわたし」へ

　きょうのゆめ、
みのがしはいしん
できたらいいな。
もっかいみたい。

秀作選評

選考委員　夏井　いつき

まずは「主人へ」久保園明美さん、59歳。佐々木幹郎さんの選評にもありましたが、今回の作品は年齢ととても深く関わりあっているという、これもいい例じゃないかと思います。59歳ぐらいになったら、大体夫がペットになっていくんだろうな、という年齢的なリアリティがまずあります。この明美さんと夫との関係は、きっとエサをやってるだけみたいな、そういう感じなんだろうなと。「オットかペットかもう分からん」っていう半ば諦めたような、突き放したようなこの言葉に、説得力、リアリティがあります。

ただそこから後です。「言うことききかんけど」ってもう言うこと聞いてくれるのも諦めている。ペットなら多少お手って言ったらお手するし、お座りって言ったら座るだろうに、夫の方は食器を台所に持っていってと言っても動きもしないし……みたいな。何にも言うこと聞かない夫に、エサやってるだけのように見せかけて、最後の「長生きしてな」っていうところに59歳の愛が見えるわけです。嫌味な受け止め方したら、長生きしてなって言葉に裏心があるかもしれないんだけど、そういうことも全部ひっくるめてこの年代の夫婦の愛がやっぱりここにあるのではないかなと。59歳をいくつか過ぎている私としては思うわけでございます。

そして次です。「学校の先生をしているお父さんお母さんへ」錦川想生さん、10歳の作品なんですが、この作品については多少の議論がありました。それは宛名は「お父さんお母さんへ」だけでいいんじゃないか、学校の先生をしているとは書かないいんじゃないかというものです。一筆啓上賞のお手紙の中でその存在を詳しく宛名の中に入れるというのは、あまり必要じゃないのではというご意見もあるわけです。でも、なぜ10歳の想生さんがこう書きたかったのかというところに、彼の大人へのいたわり、働く共働きの親への想いというものが実はあるんじゃないかと。私たち選考委員の意見が作品にゆっくりと寄り添っていった、そんな作品でした。

今、学校現場というのは本当にいろんな意味で困難を抱えております。私も元々中学校の現場におりましたけれども、私が教員をしていた頃よりも何倍も何十倍も大変な現場がそこにあります。このお父さんとお母さんがどれだけ身を粉にして働いて、生徒の事を思っているかということを「かぎっ子のぼく」は重々分かっている。重々分かっているから「いってらっしゃい」「おかえり」もとても気持ちの良い声で送り出しているに違いないと思います。でも、この一筆啓上賞のお手紙を学校の先生から渡されたとして、宿題で書いてきなさいと言われたときに、この本音が出てきたんでしょう。抑制された大人のような思いやりを持った想生さんに会って、頑張ってるなって肩を叩いてやりたい気持ちになりました。

その次の「私の国ミャンマーへ」の作品です。これも意見は分かれました。例えば俳句の世界の言葉を使うと、誰でも思いつきそうな発想とかいろんな人が書きそうな句というのを〝類想類句〟っていうんですね。その同じような発想という意味で、弾丸が花になったらいいなっていう発想はままあるのではないかと。例えば、フォークソングとかの歌詞の中にも、近いような言葉があるのではという意見が当然出てきたわけです。

しかし、この20歳の方は、母国を離れて福井県にお住まいで、そして母国の困難な内争の状況をニュースとして見ているのであって、生の内戦を知らない日本でぬくぬく過ごしている私たちが、フォークソングの言葉にあるよねなんていう簡単な言葉で切り捨ててはいけないのではないかと。そういう方にとっての生々しい弾丸、生々しい国民の泣き声というものがあってこその言葉だから、むしろこういうお手紙を、一筆啓上賞というところから世界に向かってきちんと発信するというのも大事な務めではないかという結論に至りました。

そして次が「いもうとへ」です。こういった妹へ、弟へのお手紙というのは毎年あるんです。大体ネタはパパの取り合いよりもママの取り合いです。そういう意味でこれも類想、ありがちなお手紙の内容ではあるんですが、この将矢さんという6歳のお兄ちゃんのお願いがとても具体的です。ママに甘えたいとかいった書き方じゃなく、「ちょっとだけ、ぼくより早くねてくれない？」と具体的なお願いなんですよね。

俳句の世界で〝類想類句〟を抜け出すときにどうするかというと、ちょっとだけ詳しく書く、ちょっとだけ具体的に書く、ここがポイントになるんです。彼は僕よりちょっとだけ早く寝てほしいと、こういうふうに言うんです。できたお兄ちゃんですよね。そして最後には、「ぼくもママのとなりでねたいんだ。」と本音もこぼしてくれる。〝この手紙って誰も傷つかないですよね。みんなが幸せになる手紙ですよね。妹も僕もママも。〟選考会での長澤修一さんの発言が、この作品が秀作に入る決定打となってくれました。

そしてもう一つ「愛する妻へ」ですね。この作品も例えば年齢が31歳だと空気が変わりませんか。でも木村武雄さんは71歳なんです。この年齢までずっと連れ添ってきて、しかもわざわざ愛する妻とまで書いて、その上でアイコンタクトの意味がわからないって。君らが歩んできた夫婦の年月は大丈夫かと言いたいようなところもあるんですが（笑）。多分この武雄さんの方がいろんなことをちょっと言い過ぎたり踏み外したりしてきてるんじゃないかと思うんですよね。それを妻は愛を持って、あなた今これを言ってはいけないわと一生懸命アイコンタクトを送ってきた。でも、当の武雄さんご本人は、なんでアイコンタクトされているかがわからない。これはもう全国のこの年齢の夫の皆さんに、こちらのお手紙をよくよく噛み締めていただきたいなあと。今後夫婦が死ぬまで穏やかに過ごしていけるかどうか、そのヒントがここにあると私は強く思いました。皆さんご安全に今後の人生を生きてくださいね。

（入賞者発表会講評より要約）

秀作選評

選考委員　宮下　奈都

今回選考した作品の中で、強く推したいと思っていた作品が二つありました。それが二つとも秀作に入りました。

「小学六年生の娘へ」という作品はその内の一つです。四十二歳のお母さんに娘さんが「恋愛運◎って教えてくれたけど」、それはもういいわっていうのをユーモラスに書いた平和な感じのかわいい作品なのですが、読み返すうちになんともいえない味わいが出てきました。娘さんは小学六年生で、ちょうど恋愛運とかキラキラしたものに好奇心の生まれる年頃ですね。お母さんのほうはもうそんなの私関係ないしということなんでしょうけど、恋愛運◎といわれたらなんとなくウキッとすることってあるんじゃないかなと思うんです。でもこの方は普通にないと。この満ち足りている彼女と娘さんとの関係、家族の関係っていうのがとてもいいなと思いました。これがどんなに幸せなことかというのを、ご本人も今私が思っているほどには実感していないかもしれない。私はこの方におめでとうより、あなたはとても幸せな人生を歩んでいますとささやきたい気持ちです。

次は「天のかみさまへ」です。これは七歳の作品で、「もう、家ぞくをはなさないでください。」と、本当にストレートで力強い手紙です。弟さんへの気持ちはもちろんですが、幼い弟さんが病気で、きっとお母さんも付き添って入院していたのではないか、だからこの少年はとても寂しい思いをした。つらかったんだと思います。今回の応募には、神様へという宛先の作品が他にもかなり多くありました。ただ神様というと少し漠然としていて正体がわからないようなところがあるのですが、彼は「天のかみさまへ」と書いていて、すごくはっきりとした存在に感じました。天の神様と名指ししている、それでさらに強さを増している良い作品だと思います。本当にこの家族がずっと一緒に、幸せに健やかに生きていきますようにと願っています。

そして次の「天国の夫へ」。私が推したいと思っていたもう一つがこの作品です。これは本当にグッときました。「堪らなくてＬＩＮＥしたの。」という、率直すぎるほどの切実さが響いてきました。亡くなった夫からもちろん返事が来ないことをわかってＬＩＮＥしている、そしてずっと既読がつかない。それは当然のことなんですが、そのあまりにも寂しい、もう返ってこないという現実を既読がつかないことで突きつけられるんですね。それで本当は反則なこともわかっているけれど、夫のスマホを開いて既読をつけている。「繋がってると思える一瞬が欲しくて。」という切なさが非常に伝わってきました。気持ちが痛いほどわかります。胸に残る作品でした。

次に「孫のりんちゃんへ」。この作品が選ばれたのは、「かみさまがしあわせになりますように」って短冊に書いてたりんちゃんのおかげです。それに対して、「あなた本当に私の孫？」という返しが秀作にふさわしいかという意見も出ました。でも私はこの、本当に私の孫かしらっていってみる嬉しさ、私の孫がこんなにやさしい言葉を書いたのよと自慢したい気持ち、そして自分はもうそんな心を持っていないっていうほんの少しの自虐も入っていて好感が持てました。この天使のようなりんちゃんの一言に脱帽というか、選考委員みんな心が洗われてしまいました。

最後の「ゆめのなかのわたしへ」。この作者がもしも若者だったなら、ちょっとうまいことといってやったというような感じもあるかと思うのですが、七歳というのが決め手でした。七歳の子が平仮名で書いているところ、この子にとって見逃し配信というのはそれほど身近な平仮名の世界なんですよね。それがよく伝わってきて、選考委員一同軽い衝撃を受けました。夢というのは無意識が見させるものという固定観念があったのですが、この子は「ゆめのなかのわたし」に宛てていて、つまり自分が見逃し配信をする、彼女の中ではそういう設定なんだというのが面白く感じました。全然気負っていない、「もっかいみたい」っていうのもいいなと思いました。

（入賞者発表会講評より要約）

住友賞

おばあちゃんへ

3月11日生まれだけど、
ほんとうに
おいわいしてもいいんだよね？

久野　琥聖
愛知県　7歳
義務教育学校2年

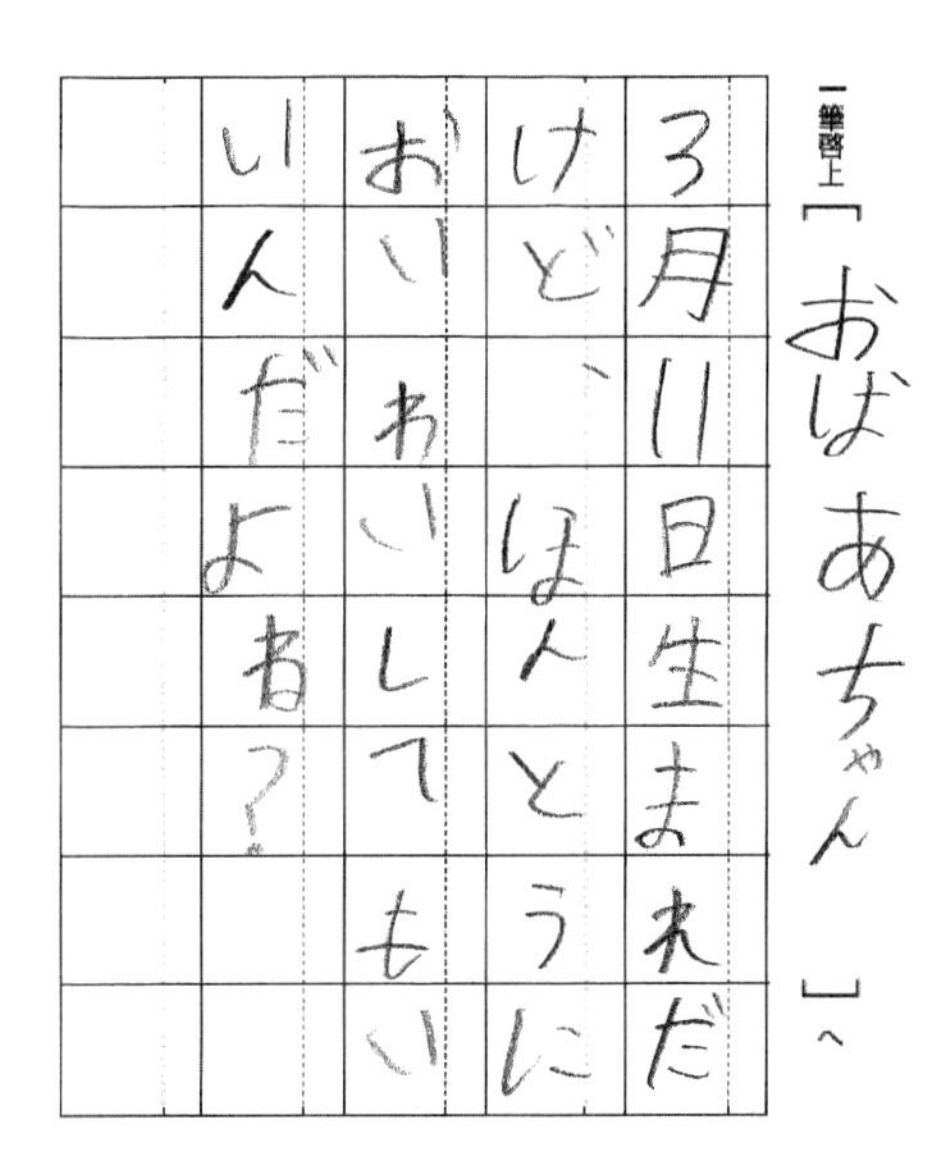
一筆啓上「おばあちゃん」へ

3月11日生まれだけど、ほんとうにおいわいしてもいいんだよね？

駆け寄って来てくれる2才の孫へ

「ばばあ」じゃないよ。
「ば・あ・ば」だよ。

前川　智恵
福井県　62歳　パート

一筆啓上「駆け寄って来てくれる天才の孫」へ

「ばばあ」じゃないよ。「ば・あ・ば」だよ。

しゅっちょう中のお父さんへ

おみやげは何がいいって聞くけどさ、
早くかえってくる方が
何十倍もうれしいよ。

草茅　壮亮
千葉県　7歳　小学校2年

一筆啓上

「しゅっちょう中のお父さん」へ

おみやげは何がいいって聞くけどさ早くかえってくる方が何十倍もうれしいよ。

ありさんへ

おうちの中に、
はいってこないでください。
おいしいものは、ありません。

大内　唯花
愛媛県　7歳　小学校2年

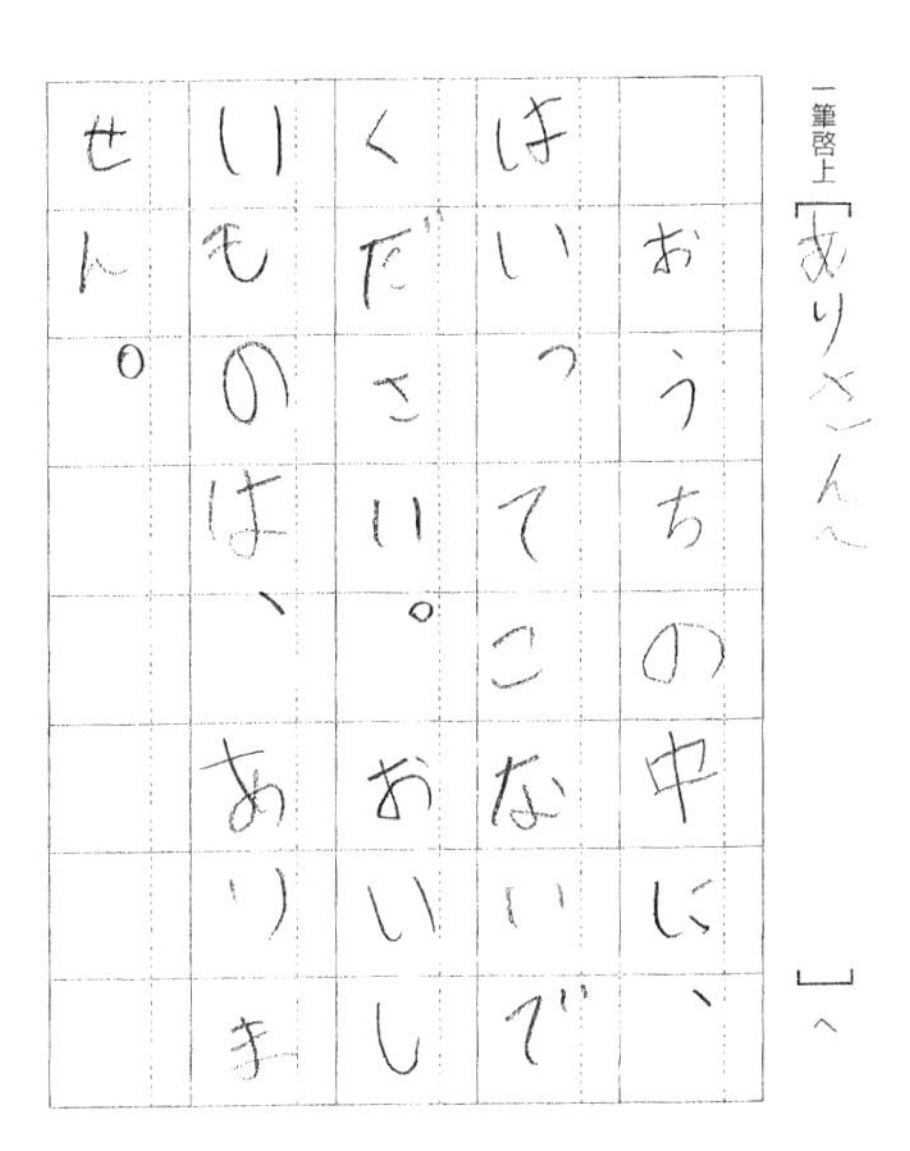
一筆啓上「ありさん」へ

おうちの中に、はいってこないでください。おいしいものは、ありません。

てつぼうのかみさまへ

さかあがりのれんしゅうのとき、
わたしのせなかを
ちょっとだけおしておうえんしてね。

たんじょう　みさき
青森県　6歳　小学校1年

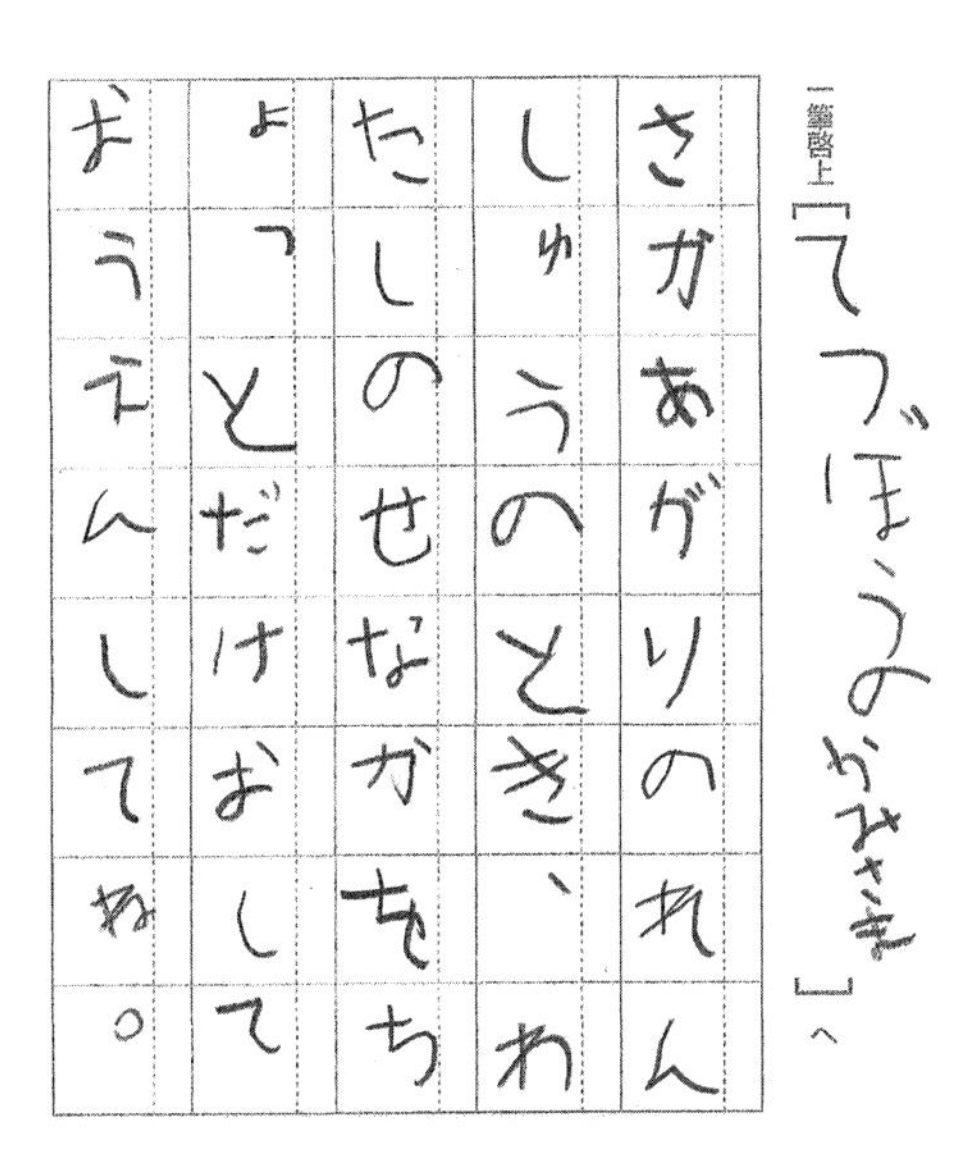

一筆啓上「てづぼうのかみさま」へ

さかあがりのれんしゅうのとき、わたしのせなかをちょっとだけおしておうえんしてね。

隣のご夫婦へ

夜中の大喧嘩、
窓を閉めるか、
滑舌良く話すか、
どちらかでお願いします。
気になるわ。

高田 由香利
福井県 64歳 主婦

一筆啓上「隣のご夫婦」へ

夜中の大喧嘩、窓を閉めるか、滑舌良く話すか、どちらかでお願いします。気になるわ。

焼き肉のタレへ

なぜ白い服に落ちるのですか。
しっかり肉にくっついてください。

智原　芯音
奈良県　11歳　小学校6年

一筆啓上「焼き肉のタレ」へ

なぜ白い服に落ちるのですか。しっかり肉にくっついてください。

弟、直樹へ

窓ガラス越しでなく、
一番好きと言った桜を見に行こう。
春になったら、一緒にね。

成田 睦乃
青森県 60歳 金融業

一筆啓上【弟、直樹】へ

窓ガラス越しで
なく、一番好きと
言った桜を見に行
こう。春になった
ら、一緒にね。

神様へ

神社で「お金が増えますように」と願った帰りさいふをなくした。きこえてましたか？

五十嵐 智也
埼玉県 13歳 中学校1年

一筆啓上「神様」へ

神社で「お金が増えますように」と願った帰りさいふをなくしたきこえてましたか？

母さんへ

こっそりたばこを吸(す)っている父(とう)さんの、
おこづかいを減(へ)らしてください。

裵 在希
東京都 15歳 高校1年

一筆啓上「母さん」へ

こっそりたばこを吸っている父さんの、おこづかいを減らしてください。

障がいのある息子へ

もう願うのはやめました。
あなたがあなたらしく生きている、
ただそれだけで幸せです！

浅原　寛子
福井県　49歳　主婦

一筆啓上「障がいのある息子」へ

もう願うのはやめました。あなたががあなたらしく生きている、ただそれだけで幸せです！

妹達へ

お母さんを怒らせないで。
今から私の前がみ切ってもらうんだから。

小川　姫奈乃
栃木県　13歳　中学校2年

一筆啓上「妹達」へ

お母さんを怒らせないで。今から私の前がみ切ってもらうんだから。

お母さんへ

いのち尽きる前、
ポッリと言ったね。
「母ちゃんに会いたい」
私も言うだろうなぁ。

小坂　理佳
東京都　54歳　会社員

一筆啓上「お母さん」へ

いのち尽きる前、ポツリと言ったね。「母ちゃんに会いたい」私も言うだろうなあ。

地元の小さな産婦人科へ

もうすぐ五十歳。
沢山の産声を響かせたここが
永く永く…
この先も続きますように。

松澤 基実子
長野県 38歳 助産師

一筆啓上「地元の小さな産婦人科」へ

もうすぐ五十歳。

沢山の産声を響かせたここが永く永く、この先も続きますように。

家族へ

私の家族はバッタバタ。
来世も家族になりたい場合、
各自本気で改心して集合すること。

吉田　留美
福井県　60歳　専門学校1年

一筆啓上「家族」へ

私の家族はバッタバッタ。来世も家族になりたい場合、各自本気で改心して集合すること。

おおじいちゃんへ

ぼくがおおじいちゃんにげんきを、
おおじいちゃんはぼくにげんきんを。

幸山　夏己
福井県　7歳　小学校1年

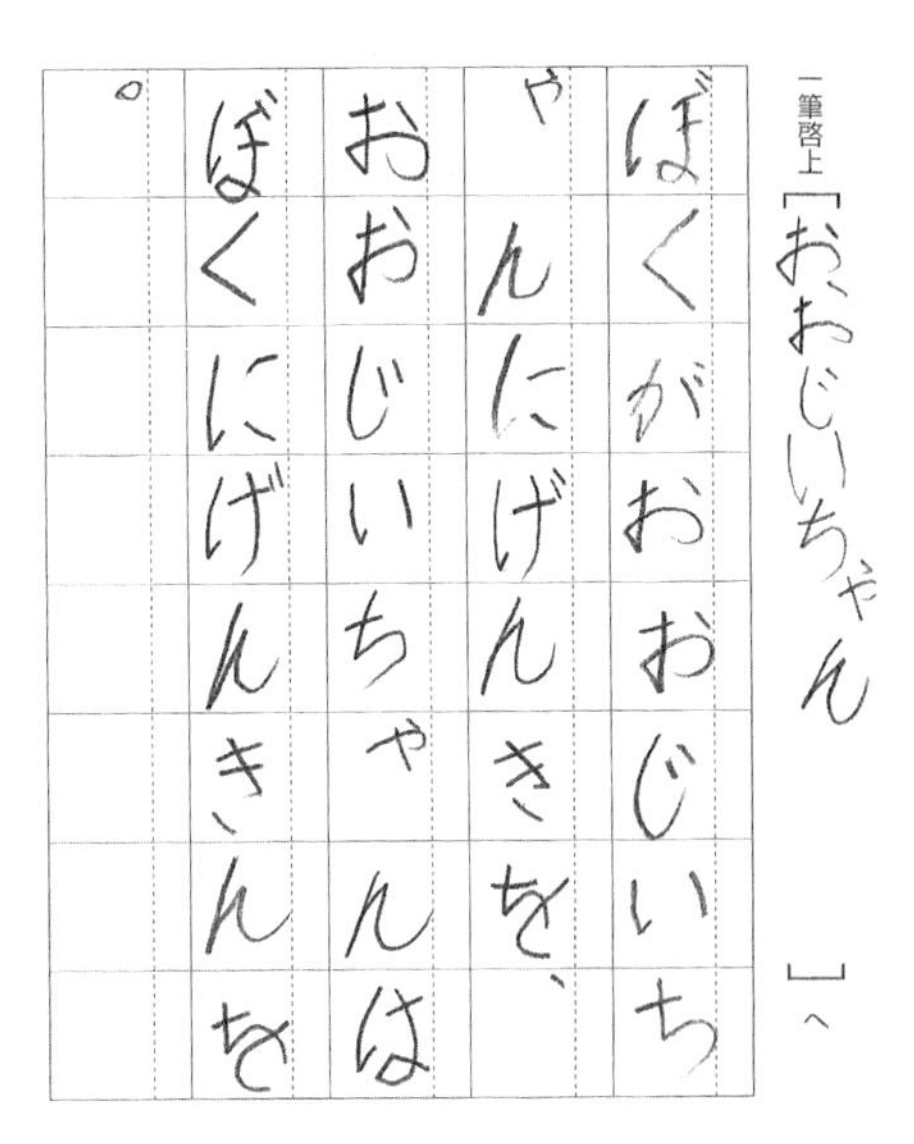
一筆啓上「おおじいちゃん」へ

ぼくがおおじいちゃんにげんきを、おおじいちゃんはぼくにげんきんを。

せんそうをしている人へ

せんそうをやめて。
火は、ミサイルやばくだんではなく
りょうりや花火で人をえがおに。

大隈　千代
佐賀県　8歳　小学校2年

一筆啓上［せんそうをしている人］へ

せんそうをやめて。
火は、ミサイルや
ばくだんではなく
りょうりや花火で
人をえがおに。

父へ

「生みの親より育ての親」

その言葉を証明してくれた父。

俺の命を懸けて恩返しするね。

嶌田　大聖
福岡県　15歳　高校1年

一筆啓上「父」へ

「生みの親より育ての親」その言葉を証明してくれた父。俺の命を懸けて恩返しするね。

おばさんの私をもらってくれた夫へ

無口なあなたに
「結婚」と言わせるのに13年。
次は「幸せ」と言わせてみせます。

福永 房世
鹿児島県 61歳 主婦

一筆啓上

「おばさんの私をもらってくれた夫」へ

無口なあなたに「結婚」と言わせるのに13年。次は「幸せ」と言わせてみせます。

の登でがんばっている人へ

大すきなの登。
の登がふっこうできることが
わたしのねがいです。
それだけでいいです。

井出　紗南
石川県　9歳　小学校3年

一筆啓上【の登でがんばっている人】へ

大すきなの登。の登がふっこうできろことがわたしのねがいです。それだけでいいです。

住友賞選評

選考委員　長澤　修一

住友グループ広報委員会は特別後援だけでなく、例年11月に2日間かけて広報委員会メンバーによる一次・二次選考を進めてきており、応募があった約4万通に一通一通目を通し、最終選考のベースとなる5百通程度までの絞り込みを任されております。その約5百通の中から選りすぐられた作品が、今回大賞から佳作という形で選ばれてきているところです。

住友賞につきましても非常に厳しい選考の中をくぐり抜けて、選ばれるべくして選ばれたという作品ばかりです。惜しくも大賞や秀作には入らなかったけれども非常に良い作品、また各選考委員の皆様からこの作品はいいよねと思い入れの強い作品も住友賞に選ばせていただいております。それに加えて、我々住友グループはビジネスを行っていることもあり、例えば出張中のお父さんに早く帰ってきてほしいというような願いが表現された作品も、委員会メンバーの心情に刺さるなということで選ばせていただいたりもしています。

住友グループは実に約400年の歴史があり、その中で受け継がれた住友の事業精神というものがございます。そのひとつに『自利利他公私一如（じりりたこうしいちにょ）』という言葉があります。住友の行う事業は自分たちの利益だけではなく、国家であったり、社会に資するような事業であるべきという教えですが、今回の願いというテーマにおいてもその多くがこうありたい、こうなってほしいと自分のことを願うものが多い中で、自分だけではなく世の中のことや世界のことを願ってくれているような作品もありました。

「せんそうをしている人へ」大隈千代さん8歳の作品ですが、戦争をやめて火はミサイルや爆弾ではなく、料理や花火で笑顔にするものですよねというように、世界の平和を祈ってくれるようなものであったり、「の登でがんばっている人へ」井出紗南さん9歳の作品のように、大好きな能登が復興できることが私の願いなんだと自分の願いだけではなく、世の中とか世界のことを願ってくれている8歳や9歳の小さな方々がいるということも、我々としては非常に心強いなぁと感じました。こういった想いが一筆啓上賞を通じて、多くの方に届けられることが私の願いでもありますし、住友グループ広報委員会としてもそうありたいと思っております。

数多くの素敵な作品に今年も出合えました。今後も一筆啓上賞をより多くの方に知ってもらう活動を続けていきたいと考えております。

（入賞者発表会講評より要約）

坂井青年会議所賞

ばあちゃんへ

ぼくは、一ねんせいになりました。
ばあちゃんは、
てんごく一ねんせいはどうですか。

松村 市
福井県 6歳 小学校1年

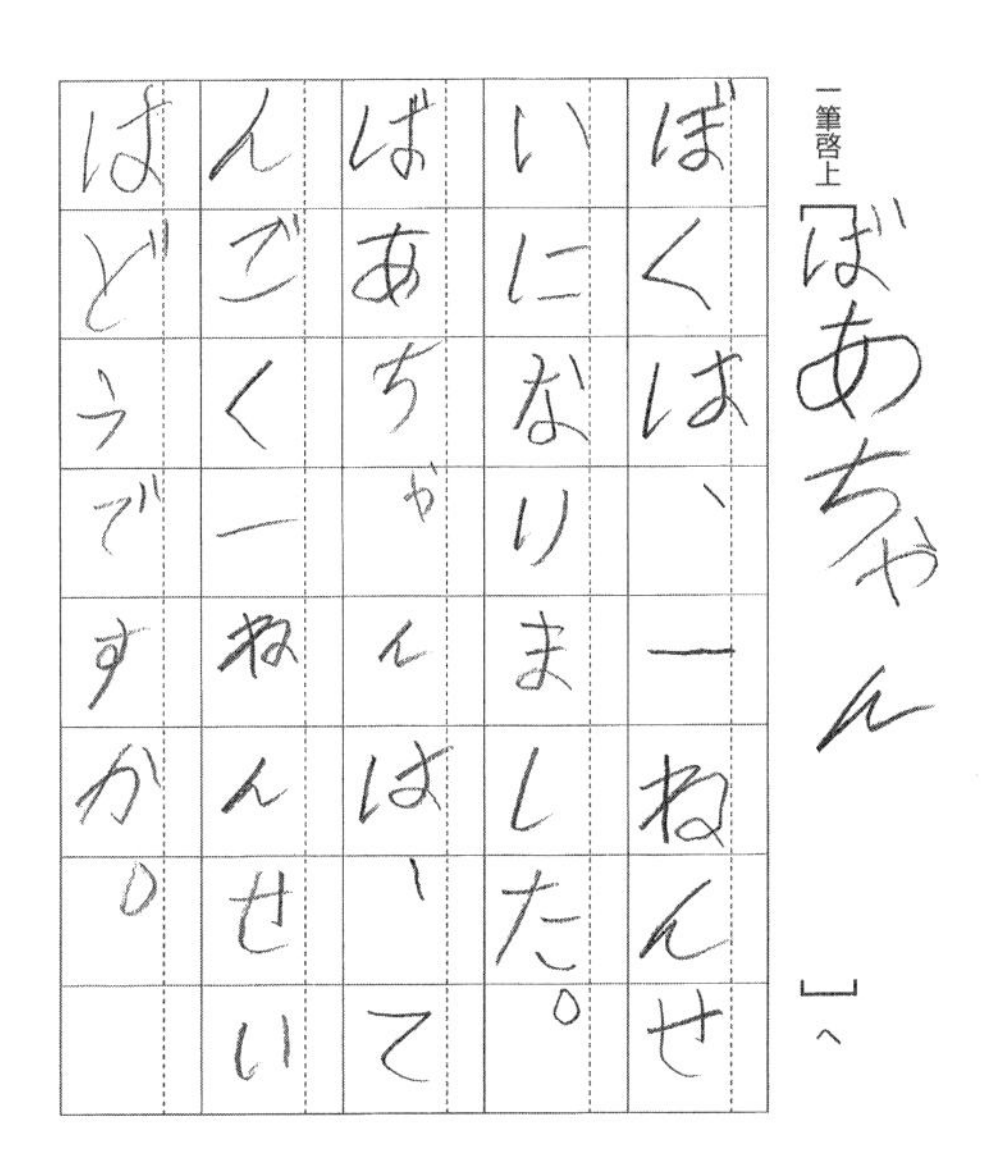
一筆啓上
「ばあちゃん」へ
ぼくは、一ねんせいになりました。
ばあちゃんは、てんごく一ねんせいはどうですか。

あえなかったおとうとへ

どうしてかぞくにあわずに
天ごくに行ってしまったの。
おばけでいいから出てきてよ。

酒井　月穂
福井県　8歳　小学校2年

一筆啓上「あえなかったおとうと」へ

どうしてかぞくに
あわずに天（てん）ごくに
行ってしまったの
。おばけでいいか
ら出（で）てきてよ。

ママへ

わたしかわいい弟がほしいな。
ママのおなかに早くこないかな。

南　ほのか
福井県　8歳　小学校3年

一筆啓上「ママ」へ

わたしかわいい弟がほしいな♡ママのおなかに早くこないかな。

妹へ

ねている間に
こっそりチューしてるよ。
起きてる間もしたくなる
かわいい妹になってね。

広部　愛花
福井県　11歳　小学校6年

一筆啓上「妹」へ

ねている間にこっそりチューしてるよ。起きてる間もしたくなるかわいい妹になってね。

カブトムシのカブローへ

ぼくもあなたみたいに
かっこよくなりたいです。
ぼくの頭にも角が生えてこないかなぁ。

谷内　蒼詩
福井県　8歳　小学校3年

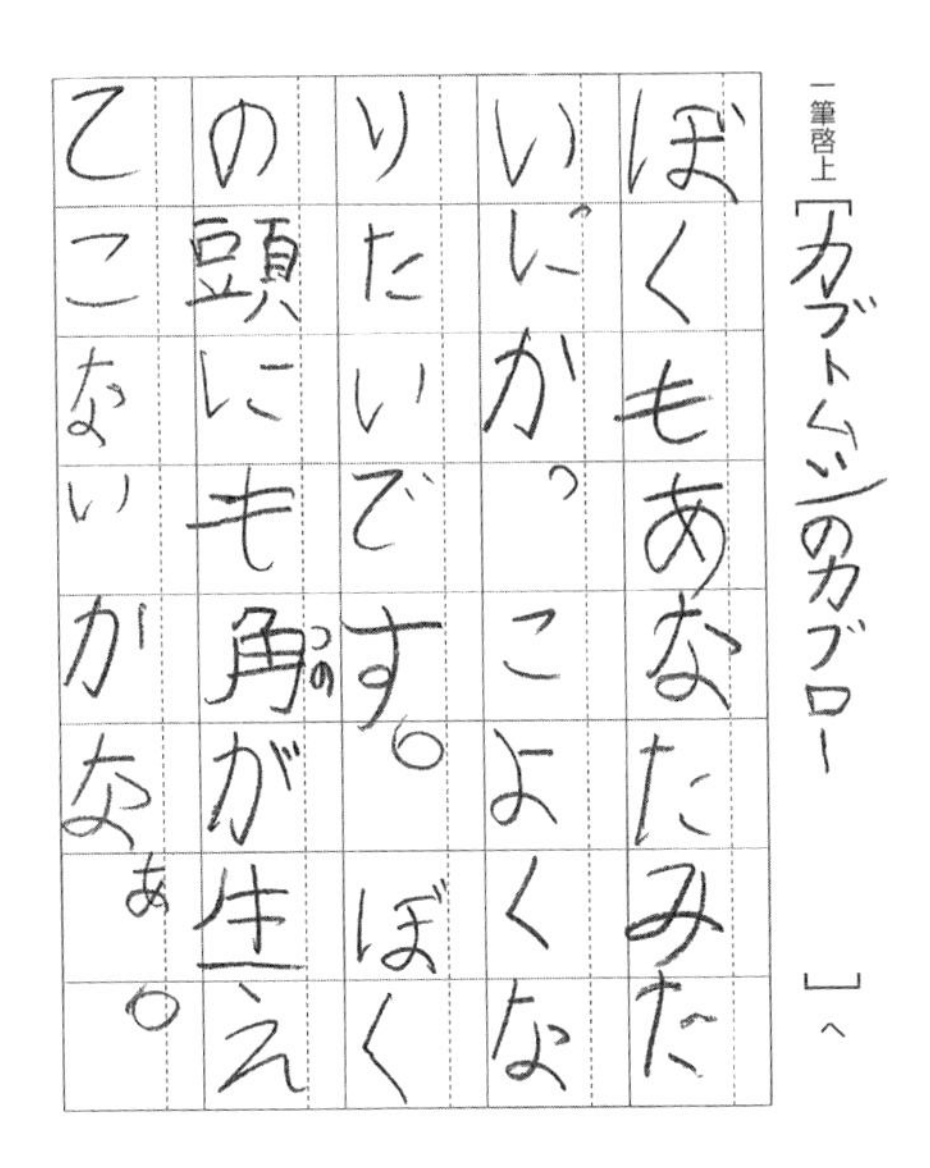
一筆啓上「カブトムシのカブロー」へ

ぼくもあなたみたいにかっこよくなりたいです。ぼくの頭にも角（つの）が生えてこないかなあ。

選考委員　選評

選考委員　パトリック・ハーラン

選考委員として、これでたった2回目の参加となった僕ですが、一筆啓上賞の審査は既に「毎年恒例」の楽しい行事となりました。

前回同様、凄まじい数の手紙が箱で家に送られて来ました。前回同様、家族4人で順番に読み上げながら感想を述べあいました。しかし、前回と今回には大きな違いが一つありました。うちの、お年頃の子供は普段から家族の「共同作業」に前のめりとは言えません。前回はパパからの熱い説得（圧力？）が必要でしたが、今回は、軽く声をかけただけで、二人とも喜んで協力してくれました。前回にそれだけ心を打たれ、それだけ「手紙」の面白さを思い知ったからだと思います。

食卓を囲って、笑いながら、涙ぐみながら、同じ場面を思い出しながら、感心しながら執筆者の思いや人生のエピソードを共有しあうそんな家族とのひと時もまさに「願い」が叶った瞬間でした。正式な選考会もそうですが、何時間もかかるものですが、最後になると名残惜しいし、終わると旅から帰ってきたような気分でした。他の選考委員ともさらに距離が縮んだと実感しています。人と人の絆を作る。これも手紙の力だなと思います。

今回もお笑い芸人目線で作品を精査しました。病気、戦争、死、震災などの真剣なテーマの作品も多かったし、もちろん感動したものはどれも高く評価しましたが、笑えたものを選考会で特に推してみました。「おっと」と「ぺっと」、「ばあば」と「ばばあ」など、ちょっとした言葉遊び込みのものもあれば、誰もが共感できる「お祈りの逆効果」や「焼肉のタレと白い服の危険な関係」など、あるあるネタで勝負したものも多かったです。たった40文字で、ワンシーンを見せ、一笑いを完結させる執筆力になんども圧巻されました。

来年のテーマ、来年の作品、みなさんと来年の再会も心から楽しみにお待ちしています。その時までに、僕も筆記道具をとって、短くてもいいから、誰かに一筆を啓上しようと思っています。

佳作

九十一歳になった母さんへ

母さんが施設の面会で
不意に私を名前で呼んだから
嬉し涙が出たよ。
ずっと元気でね！

松野 富子
北海道 68歳

私の愛する人たちへ

スマホなんかじゃない。
本当に握りたいのは娘や息子の手。
父や母の手。愛する人の手。

金子　晶子
青森県　50歳　介護職

サンタさんへ

「物価高騰の折、高額ギフトはご遠慮ください」と、お触れを出してもいいんですよ。

工藤　卓弥
青森県　40歳

母上へ

僕を叱る時の母。
たのむから言葉を間違わないでくれ。
面白くて互いに笑っちまうだろ。

新堀　弘毅
秋田県　15歳　中学校3年

生まれたばかりの妹へ

ずーっと一人(ひとり)でママのお腹(なか)の中(なか)で
さみしくなかった?
早(はや)くいっしょにあそびたいな。

新井田 陽輝
福島県 11歳 小学校5年

流れ星へ

もう少しゆっくり流れて下さい。
願い事が間にあいません。
後期高令者一同

駒形　忠衛
茨城県　85歳　自営業

企業の採用担当の方へ

「どうか、今回はお祈りしないで。」と祈っています。

髙橋　陽子
茨城県　29歳　主婦

忘れない努力をしているお母さんへ

何百枚も練習したんだね。
娘の名前と携帯番号。
繋っていたい願いは同じだよ。
お母さん

水橋　洋子
茨城県　保育士

かみさまへ

パパのびょうきがなおりますように。
みーちゃんといっぱいあそべますように。

國吉　美幸喜
栃木県　3歳　幼稚園年少

夏休みへ

おねがいだから、
来年は手ぶらで来てね。
しゅくだい気にせず、
いっぱいあそびたいな。

齋藤　陽葵
群馬県　7歳　小学校2年

10年後の僕へ

初めての福井で見つけたのは
たくさんの恐竜と将来の夢。
いつか見つけるぞ新恐竜。

滝沢　優斗
群馬県　11歳　小学校5年

母を待ってる天国の父へ

すぐ逝くと言いつつ
長きを嘘ついて生きてる母を許して。
ごめん、けっこう楽しそうなの

中澤 ひろみ
群馬県 69歳

お母さんへ

母さんいつもけんどうのおくりむかえ
ありがとう。
でも、たまに休みたい時もあるんだ。

千島　聡志郎
埼玉県　7歳　小学校2年

ママへ

ママに内(ない)しょでごはんをたいたよ。
よろこんでくれるかな。
ママはやくかえってきてね。

鳥塚　詩葉
埼玉県　8歳　小学校2年

泣き顔を見せたことがない夫へ

私が逝く時、
「今までありがとう」と泣いて下さい。
喪服に目薬を、忍ばせていいので。

藤森　佳子
埼玉県　55歳　主婦

お星さまへ

夫の願いが叶いますように！

妻を幸せにできますように、

と短冊に書いてあったのです。

宮澤 由季

埼玉県 38歳 自営業

ママへ

いつも家(いえ)のかじを
やってくれてありがとう。
でももうちょっと
あそんでほしいな。

山﨑　結莉
埼玉県　8歳　小学校3年

癌と戦うあなたへ

覚えている？
「世界遺産全てに連れて行く」と
プロポーズの言葉。
約束は必ず守ってね。

上辻　好美
千葉県　62歳　塾勤務

おじいちゃんおばあちゃんへ

ビデオつうわじゃだめなの。
おじいちゃんおばあちゃんと
ぎゅーしたいよ。

岡内　日茉里
千葉県　8歳　小学校2年

タイパ主義の妻へ

「時短！」でも、
入浴中に洗濯機のお湯とりするのは、
お願い、やめて。
既に半身浴に。

小泉 洋彦
千葉県 42歳 地方公務員

3才の頃に死んでしまった私を溺愛していた父へ

オバケっていないと思ってるけど
万が一の場合、
怖がりなので出て来なくて大丈夫です。

小久保 文月
千葉県 44歳 パート

せみへ

おとうとにも、
ぬけがらあげたいから
またこうえんのあのきに
いっぱいでてきてほしい。

清水　悠誠
千葉県　6歳　小学校1年

婚活の神様へ

来月は彼と付き合ってから
2度目の誕生日。
プレゼントが
プロポーズでありますように。

市橋　由里香
東京都　46歳　会社員

娘へ

この嬉しさと寂しさを
どう受けとめたら良いのだろう
毎日幸せを祈る。
結婚おめでとう。

出田　君江
東京都　58歳　パート

今、きらいな人へ

私はあなたが嫌いです。
私かなりきずついてました。
でも、私はまた友達になりたい。

宇田川 英恵
東京都 14歳 中学校2年

パパへ

伊豆大島への旅行楽しかったよ。
また、男二人旅につれていってね。

小川 惺也
東京都 8歳 小学校3年

シャーペンへ

2年半毎日握って問題を解いてきた。
半年後の本番で緊張してたら、
安心させてほしい。

落合　研登
東京都　14歳　中学校3年

雑草へ

人間に踏まれても踏まれても
生えてくる生命力の強さ分けてください。
羨ましいです！

小西　杏奈
東京都　14歳　中学校3年

好きな人へ

「一緒に帰ろう！」って
誘うのはいつも私。
君からも聞きたい、
この言葉

酒谷 樹里
東京都 14歳 中学校2年

高校3年生の息子へ

意思疎通がうまくできないけれど、
毎日送るラブレターは
6年目になるお弁当作り。

佐々木 桐子
東京都 50歳 大学職員

先輩へ

僕は僕の彼女より先輩が好きだ。
先輩の彼女が羨ましい。
僕も好きだと言いたい。

下村 太希
東京都 27歳 学生

母上へ

母よ、ボクの部屋と心を
勝手に開けないでください。
ドアはこちらから開きます。

中村　恒太郎
東京都　12歳　中学校1年

お母さんへ

私がよくお母さんの隣に立つの、
何でか分かる?
今日こそ身長追いついたか比べてるの。

西山　莉乃
東京都　13歳　中学校1年

反抗期の息子へ

八ツ当たりは
壊れても良い物にして下さい。
壁はダメです。
この家は賃貸です。

根本 悦子
東京都 42歳

道を歩く妹へ

お願いだから早く気づいて～！
視線で熱く語っても知らん顔の君。
表裏逆だよ、服っ

林 風歌
東京都 12歳 中学校1年

天国にいるおばあちゃんへ

会えば必ず言われていた
「線香あげて。」
私忘れちゃうから
今年は天から教えてね。

原　結衣菜
東京都　14歳　中学校3年

とまらない自分へ

下品で申し訳ないのですが、
おならがとまりません。
我慢してもとまりません。
とまれ。

松村　優香
東京都　20歳　大学2年

大黒柱のママへ

小さな背中にどれだけ荷物があるの。
いつか僕が半分背負うよ。
早く大きくなりたい。

三田　晃輝
東京都　9歳　小学校3年

大好きなひいお婆ちゃんへ

僕(ぼく)は何度(なんど)だって自己紹介(じこしょうかい)するから、
謝(あやま)らなくていいんだよ。
笑顔(えがお)沢山(たくさん)で長生(ながい)きしてね！

山口　佳樹
東京都　12歳　中学校1年

じいじへ

はやくじいじに
あいたいな
ないしょで
おやつ
たべようね

鳥海　麻衣
神奈川県　5歳　幼稚園年長

笑顔が素敵な祖父母へ

綺麗に撮れてるでしょって
見せてくれた遺影写真、
あと数十年は本物の笑顔が見たいな。

向井 理湖
新潟県 15歳 中学校3年

4歳の君へ

帰り道『ママの幸せは何？』
「君だよ」と答えた。
ママも知りたい。
君の幸せは何かを。

中川 小百合
富山県 36歳 自営業

きゅうしょくのおばちゃんへ

まいにち、カレーにしてください。
そしたら、ぼく、
ほいくしょになかずにいくよ。

赤坂　真弥
福井県　3歳

おばあちゃんへ

「優菜ちゃん、こっち来て」と
私に言わないで。
私は「瑞季」
「優菜」は妹です。

伊勢　瑞季
福井県　17歳　高校2年

弟へ

寝言(ねごと)で給食(きゅうしょく)の話(はなし)をしないでください。
早(はや)く寝(ね)たいのにおなかがすいてきます。

伊東　杏彩
福井県　17歳　高校3年

大大大好きなお母さんへ

やさしい、頭がいい、お話が上手。
いいとこいっぱいすぎる
お母さんみたいになりたい。

瓜生　美陽
福井県　8歳　小学校3年

反抗期の息子へ

癖毛がママの遺伝だと
文句を言いましたね。
将来薄くなっても
パパを責めないで下さい。

大橋　恭衣
福井県　48歳　会社員

地球さんへ

パパが登へ災害復旧の仕事に行っていてさみしいです。もう地震は止めて下さい。

小畑 蘭
福井県 10歳 小学校5年

大好きなあなたへ

淋しかったこの三年
ごめんね！
今、上様健さんに夢中なの
お迎えはチョットまってサンバ

北川 悦子
福井県 77歳

お父さんへ

私の五ヵ月分のおこづかいで、お父さんの一時間を買うから、たくさん遊んでね。

木村　日葵
福井県　10歳　小学校4年

数字が読めるようになった娘へ

ママ、りんごジュースって高いね。
ほら一〇〇って。
その素直な心、ずっと忘れずにね。

國松　香純
福井県　34歳　公務員

2016年9月7日の僕へ

お願いします。
お父さんの出勤をやめさせて下さい
お空に帰ってしまいます。

齊藤 涼
福井県 18歳 高校3年

天国にいるじいちゃんへ

ばあちゃんと行ったプラネタリウム。
星になったじいちゃん。
二人を見つけられたかな。

澤村　柚季
福井県　9歳　小学校4年

えるさへ

パパとままのおてつだい
いっぱいしてかならず
でぃずにぃへいくからまっててね。

島田　麗禾
福井県　7歳　小学校1年

妹へ

いじわるしてごめんね。
これから仲良くするために
わたしの言うこと聞いてね。

髙橋　愛唯
福井県　10歳　小学校5年

産まれてすぐに亡くなった弟へ

産まれた時から管をつけられて
苦しかったよね。
次は元気な体で産まれて会いに来てね。

田中 暖人
福井県 18歳 高校3年

ばばちゃんへ

ひゃくさいまでながいきしてね。
わたしのかいはつしたアイス、
たべてほしいの。

流　千羽凪
福井県　7歳　小学校1年

亡き主人へ

やっほー。
息子が料理を作る手際さがそっくり。
命が継がれているんだ。芳しいなぁ。

西浦 則子
福井県 59歳
障害者支援施設生活支援員

母へ

もう一度だけ過去に戻って
お母さんにだっこしてもらいたいです。

福島　優奈
福井県　17歳　高校2年

妻へ

「あと一杯（いっぱい）」
楽（たの）しいお酒（さけ）なら、
いいやろう?!

別田 浩一
福井県 44歳 会社員

母さん、父さんへ

ぼくは弟が生まれてほしいなと
ねがっていました。
そしたら今年弟が生まれました。

前田　逢斗
福井県　8歳　小学校3年

息子へ

頑張(がんば)れ将来(しょうらい)のメジャーリーガー。
泥(どろ)だらけのユニフォームを洗(あら)う私(わたし)も
仕事(しごと)と育児(いくじ)の二刀流(にとうりゅう)

水野　冬馬
福井県　37歳　会社員

かみさまへ

ばあちゃんのやさいたべたいな。
いっしょにたべたいな。
ゆめでもいいよ。あいたいな。

村上　雅
福井県　7歳　小学校2年

あの頃のお母さんへ

今どこにいるの？
中一の時に出ていってしまったお母さん。
また笑顔を見せてほしいな。

山田　脩矢
福井県　17歳　高校3年

おかあさんへ

ぼくがわるいことをするからだけど、
おこるのは一日三(いちにちさん)かいにしてください。

吉田　亮瑛
福井県　8歳　小学校2年

一才の弟へ

とても小さくてかわいいので
後5年ぐらいそのままでいてください。

工藤　結奈
岐阜県　14歳　中学校2年

神様へ

神様お願い
はて、願い事が浮かばない。
これってあんがい幸せなのかも

高野 晃
岐阜県 68歳

総理大臣へ

世界で一番えらい人達も、
みんなで給食たべればいいのに。

赤堀　颯
静岡県　11歳　小学校6年

妻へ

きみの願い事は、
いつも自分以外の事だね。
だから僕は、きみのことを願うよ。

梶山　知巳
静岡県　57歳　会社員

バスで会った見知らぬおばあちゃんへ

辛(つら)かったら言(い)ってね。
気付(きづ)けないこともあるから。
いつでも譲(ゆず)るから。席(せき)。

横野 葵
静岡県 16歳 高校2年

じゅかへ

夢をまだ理解してない妹。
夢を見て夢に出てきたものがないって
怒るのやめてくれない？

速水　妃菜花
京都府　10歳　小中学校5年

お母さんへ

あなたの味方て
言葉にいつも頼ってたな。
同じ気持ちだから
恩返しする機会をください。

雨堤 智也
大阪府 30歳 会社員

姉ちゃんへ

あんたがボケたら
面倒みたるって言うけど、
三つ上やで。
お互い元気で長生きしたいな。

田中 康之
大阪府 63歳

4歳の長女へ

容赦無く、ソフトクリームを下から食べようとするのは辞めてください。

時 裕美子
大阪府 30歳 会社員

内緒の電話相手へ

電話の時間は、午前0時以降。
理由は親が寝てから。
僕は、みんなに自慢したいのにな。

光武 大雅
大阪府 17歳 高校2年

いつもいつも私に頼りきりの家族へ

君達のドラえもんになって早十数年。
私だって私だって、
たまにはのび太になりたいよー

永川 晃代
兵庫県 51歳 事務員

弟へ

障がいを持っているけれど
それは「個性」だから大丈夫。
自信を持って歩んで行こう。

川平 凜音
兵庫県 12歳 中学校1年

思春期のお兄ちゃんへ

態度悪くなって二年、
足蹴りされて三年、
口悪くなって四年、
思春期終わるのあと何年？

倉内　結愛
兵庫県　14歳　中学校2年

多様性へ

あなたが、男性をめざしていることは、
分かったよ。
パートナーができるといいね

齋藤　玲子
兵庫県　56歳　介護職

口下手な夫へ

「生まれ変わってもまた結婚したい」と
言ってください。
「私もよ」って言いたいから。

佐伯　光子
兵庫県　57歳　主婦

お父さんへ

通夜に浮かぶ満月。
優しい光がお父さんと重なった。
これからも私達を照らし続けてね。

坂谷 るみ
兵庫県 主婦

プレートへ
頼むから動かんといて
本当に生死をさまよう第一歩

武市　昊幸亞
兵庫県　13歳　中学校1年

急逝した娘へ

母になり。逝ってしまったあなた。
マンマと言えた、
おさな子の声を聞かせてあげたい。

中村 知子
兵庫県 66歳 主婦

空へ

晴れでもくもりでも雨でも、
私が上を向いたときは、
私の勇気をふるいたたせてね。

横尾　穂香
兵庫県　13歳　中学校1年

神様へ

真面目に生きて、
はや、87歳です。
寿命にポイントは、
つかないでしょうか。

吉澤 壽彬
兵庫県 87歳

おかあさんへ

いちにちじゅうあそんでいたいから
ぼくにつなげるじゅうでんきを
かってください

山本　慎太郎
奈良県　7歳　小学校1年

母へ

とげが無数についた僕を
タンポポみたいに包むのを、
もう少しだけしていてほしい。

橋本　生輝
和歌山県　13歳　中学校2年

私の髪で作ったウィッグを使ってくれる人へ

私(わたし)のくるりんのかみ
ヘアドネーションした
使(つか)ってくれる人(ひと)
おしゃれしてね
おでかけしてね

秦　凛歩
和歌山県　6歳　保育所

願いを探している僕へ

僕の願いって何だろう？
すぐに思い浮かばないって事が、
最高に幸せって事なんだろうな。

藤原　崇雅
和歌山県　11歳　小学校5年

ばあちゃんへ

ほら、長いまつげとにっこりえくぼ。
いつかもう一度私のこと思い出してね。
まってるよ

村上　結莉子
鳥取県　9歳　小学校3年

おなかの中の赤ちゃんへ

出産予定日、
あと一日待ちませんか？
お兄ちゃん二人と三兄弟、
おそろいになるよ！

渡辺　英里子
島根県　35歳

母へ

双子を両腕に抱いて
育ててくれた82歳の母、
今あなたを両脇から
ぎゅーってしたい。

荒木　佳子
岡山県　57歳　パート職員

豪雨を体験した深雪さんへ

「その着てる服が欲しい」と一言。
浸水被害で渡した黄のシャツ。
前進を願っています。

藤田 明子
岡山県 74歳

生徒諸君へ

「わからん」は無しでお願いします。
間違えていいんだよ。

山田　道子
岡山県

ケンカ中の夫へ

旅先の美しい景色を眺めるのは、
一人より二人の方がいい。
そろそろ仲直りしませんか？

渡邉 光子
岡山県 72歳 主婦

83歳の母へ

あなたの我が儘大募集。締切無期限
但し無理せず
元気でいられるものに限ります。

岡崎　千尋
広島県　50歳　パート

世間の皆さんへ

見た目も性格もできたご主人と
周りの人は言う。
私も誰か褒めてくれないといじけるよ。

吉本　洋子
徳島県　59歳　主婦

夫へ

そろそろ、2回目(かいめ)の
手(て)つなぎデートどうですか？
1回目(かいめ)からもう36年(ねん)たちましたよー。

中村 裕子
香川県 59歳 会社員

神さまへ

83才、よく忘れますがお願い！
ありがとうとごめんは
最後まで覚えていられますように。

松田　喜代子
香川県　83歳

母へ

母は、毎日僕を叩き起こすけど、
寝る子は育つって言うでしょ。
もう少し寝かせてよ。

曽我部 昌史
愛媛県 11歳 小学校5年

牛乳が苦手な人たちへ

一人(ひとり)でしぼれるようになったよ。
わたしがしぼった牛乳(ぎゅうにゅう)、
みんなに飲(の)んでもらいたいな。

平井 結紀乃
愛媛県 10歳 小学校4年

天国のじいちゃんへ

お墓の前で、
一番長く手を合わせて
何か願っているのが、
あなたのひ孫です。

山内　啓吾
愛媛県　43歳　会社員

おじいちゃんへ

そろそろ車に乗るのは
やめてください。
近所で事故があったと聞くと
ひやひやします。

武田　彩乃
高知県　14歳　中学校3年

お父さんへ

昨日の流星群、きれいだったね。
てんきん先でお父さんが
元気でいることをねがったよ。

秋冨　結惟
福岡県　8歳　小学校3年

お母さんへ

お母の心はきかなくてもわかるよ。
いつも家族で一杯でしょ。
僕はお母さんで一杯だよ。

有光　陽斗
福岡県　10歳　小学校5年

ぱぱへ

ぼくのゆめは、ぱぱになること。
おなじかみがたにしたいから、
はげないでいてね。

梶原　敦人
福岡県　6歳　小学校1年

九月のぼくへ

心ぱいないよ。
きっと学校に行けるようになるから。
こわれちゃった心は元にもどるから

白石 颯大
福岡県 7歳 小学校2年

母ちゃんへ

もしねがいがかなうなら
めったにたべれない
母(かあ)ちゃんのからあげを、
はくまでたべたい。

武市　虎雄
福岡県　11歳　小学校5年

天国のばぁばへ

僕のお母さんを産んでくれて、
ありがとう。
ばぁばの作った具沢山の豚汁が食べたい。

田中　大翔
福岡県　12歳　中学校1年

住友グループさんへ

住友グループさん
「日本一短い手紙」の活動を
つづけてがんばってくらさい。

鳥尾　知弘
福岡県　9歳　小学校4年

てんごくのおばあちゃんへ

てんごくには、なにがありますか？
おしえてほしいな。
みちわかる？かえってきてね。

畑　凛
福岡県　7歳　小学校1年

施設にいるお父さんへ

自分の望みは全部飲み込んで
ボケちゃったけど一つ知ってるよ。
来年、お花見行こうね。

東　智夏子
福岡県　55歳　公務員

じいちゃまへ

竹を切ったりわったりけずったり。
夏休み　一しょに作って
一しょにそうめん食べたいな。

森山　陽翔
福岡県　8歳　小学校3年

亡き妻へ

1日だけでも帰ってきて、
鳥レバー煮の作り方教えて。
お湯割りでもう一度乾杯しよう。

安武 秀明
福岡県 65歳 会社員

セミさんへ

私は今この山のような
課題をやっています。
もう少し小さな声でお願いします。

甲斐　史乃
熊本県　15歳　中学校3年

母さんへ

寝たきりで見上げるホームの天井に
笑顔あふれた家族との日々
映し出してあげたいなぁ

藤田 加津代
熊本県 62歳 会社員

障害がある弟へ

母のお腹に言葉を忘れてきた僕の弟。
来世は忘れ物をせず、
母を「ママ」と呼んでね。

松井 栄汰
熊本県 15歳 中学校3年

お浄土の母へ

妻が「お義母さんの夢を見た。」と
話してくれました。
今度は、私の夢に出てください。

伊藤 信一郎
大分県 70歳

病気と闘うじいじへ

まだ食べたいよ。
じいじが釣った立派な黒鯛に、
ばあばがパラッと塩を振ったご馳走を。

有馬　胡桃
鹿児島県　10歳　小学校5年

はじめてのきょうだいへ

げんきにうまれてきてね。
たのしみにまってるよ。
でもままはぼくのもの。

さこだ　ひまる
鹿児島県　6歳　小学校1年

妹へ

妹よ、祖父の遺影に向かって、

「お医者さんになりたいです。」

というのは、少し違う。

中島 拓夢
鹿児島県 15歳 中学校3年

好きな人へ

話すだけで笑顔になれる。
幼なじみって嫌だなぁ。
私は君の彼女になりたいのに。

福重　麗那
鹿児島県　17歳　高校3年

さんたさんへ

ことしもしっかりねてまつね。
だから、ままのぶんもおねがいね。

蓑田　日華
鹿児島県　6歳　小学校1年

みきへ

あなたにとっては初めてのおつかい。
ママにとっては初めての尾行でしたよ。

賀数　真紀
沖縄県　50歳　パート

僕の病へ

どれだけ病院を渡り歩いてきたのだろう。
早く僕の体から消えてくれないだろうか。

宮城　琉壱
沖縄県　13歳　中学校2年

総評

選考委員　小室　等

毎年のことですが、目立つのは小さな子どもたちからの応募作品で、それは楽しく、そして励まされもする嬉しい作品ばかりでした。さて今回は高齢の皆さんからの作品も目立ちました。僕も今年、81歳になり、15歳ぐらいからフォークソングというものに飛びついて、よくやってこられたなと思うんですけれども、今回一筆啓上賞に寄せられたご高齢の皆さんの作品、特に流れ星が流れる瞬間、自分の願いを届けたいのに高齢者一同には早すぎて間に合わないという「流れ星へ」駒形忠衛さん85歳の作品がありましたが、僕も同類なので身に染みます。

それから20代、30代といった年代の作品もチラホラありましたね。選考会では、20～30代は目の前のことに一生懸命で、願うどころの騒ぎじゃなく忙しいんじゃないか、みたいな意見もあったりしました。

そんな中で「私の国ミャンマーへ」NWAY NADI ZUNさん20歳の作品は、「弾丸が花になって、国民の泣き声が笑い声になりますように。」という、ミャンマーから今日本に来ている彼女の手紙は、母国に対しての心の想いを寄せてくださった、貴重な声だったなと思いました。

いずれにしても、こうして皆さんからお手紙をいただいて、冒頭にも言いましたが10歳や4歳といった年代の子どもたちが手紙を寄せてくれていることに、親の教えもあってのことだとしても大したものだと思いました。手紙を書く習慣というのが、こんなに小さい頃から身につけている子どもたちがいることに、僕ら年寄りも元気づけられました。

来年もさらに元気な子どもたちに出会え、そして僕ら年寄り世代も、元気に頑張っている作品たちに、次回も出会えるといいなと願っています。

（入賞者発表会講評より要約）

あとがき

「50盗塁—50本塁打」前人未踏の偉業を成し遂げた大谷翔平選手の「願い」は、ロサンゼルスの街でワールドシリーズ優勝のパレードを行うことでした。彼は、その「願い」をドジャース入団時に公言して、見事に叶えました。

また、北陸新幹線が敦賀まで延伸し、半世紀もの長い時を経て、福井県民の「願い」が叶いました。願い続けながら行動することの大切さを学びました。

一方で、自信のもてない「願い」や他の力に託すなどの「願い」は、叶わない事もあるようです。

「願い」は、叶ったり、叶わなかったりするから、願うのかもしれません。

その様な「願い」に、三万九一六四通のお手紙をいただきました。ご応募いただいた皆様に、心から感謝申し上げます。

一次選考に携わっていただいたのは、住友グループ広報委員会の皆様です。「願い」の森をさまよいながら宝物を探すように、心を捉える作品を逃すまいとする姿は印象的でした。

最終選考会は、小室等さんのまとめ役のもと、佐々木幹郎さん、宮下奈都さん、夏井いつきさん、パックンことパトリックハーランさん、長澤修一さんは、「願い」の人生のドラマに元気づけられたり、手紙の中にあふれる思いに感動したりしての選考会でした。

そして、坂井市丸岡町出身の山本時男氏が代表取締役を務める、株式会社中央経済社・中央経済グループパブリッシングの皆様の本書の出版、並びに付帯する出版業務のすべてお引き受けいただいたことをはじめ、日本郵便株式会社、住友グループ広報委員会、坂井青年会議所の皆様のご協力ご支援に、心からの感謝とお礼を申し上げます。

今後も皆様に愛される「一筆啓上賞」になることを願い、結びとします。

令和七年四月

公益財団法人　丸岡文化財団

理事長　田中　典夫

日本一短い手紙「願い」　第32回一筆啓上賞

二〇二五年四月二〇日　初版第一刷発行

編集者――公益財団法人丸岡文化財団
発行者――山本憲央
発行所――株式会社中央経済社
発売元――株式会社中央経済グループパブリッシング
〒一〇一－〇〇五一
東京都千代田区神田神保町一－三五
電話〇三－三二九三－三三七一（編集代表）
〇三－三二九三－三三八一（営業代表）
https://www.chuokeizai.co.jp
印刷・製本――株式会社　大藤社
編集協力――辻新明美

＊頁の「欠落」や「順序違い」などがありましたらお取り替えいたしますので発売元までご送付ください。（送料小社負担）

ISBN978－4－502－54151－3　C0095

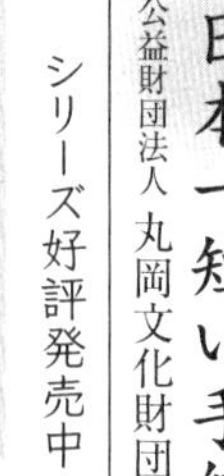

一筆啓上賞

「日本一短い手紙」

公益財団法人 丸岡文化財団 編

シリーズ好評発売中

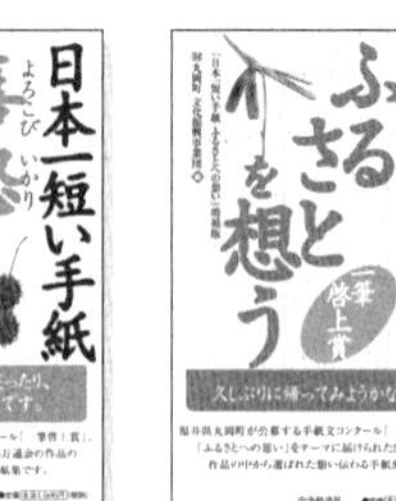

四六判・206頁
本体1,000円＋税

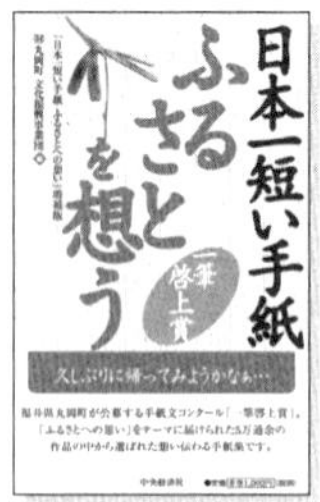

四六判・218頁
本体1,000円＋税

四六判・196頁
本体1,000円＋税

四六判・186頁
本体900円＋税

四六判・178頁
本体900円＋税

四六判・184頁
本体900円＋税

四六判・258頁
本体900円＋税

四六判・162頁
本体900円＋税

四六判・160頁
本体900円＋税

四六判・162頁
本体900円＋税

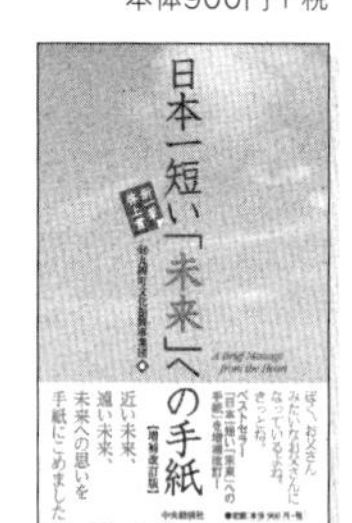

四六判・168頁
本体900円＋税

四六判・222頁
本体1,000円＋税

四六判・236頁
本体1,000円＋税

四六判・216頁
本体1,000円＋税

四六判・216頁
本体1,000円＋税